AF423374

مركز تريندز للبحوث والاستشارات
TRENDS RESEARCH & ADVISORY

في تفسير استمرارية التنظيمات الجهادية الإرهابية: "داعش" نموذجا

د. حسنين توفيق إبراهيم

ورقة سياسة (11)

أكتوبر 2021

Order No.: MC-02-01- 3056393

ISBN: 978-9948-846-55-0

نبذة عن

مركز تريندز للبحوث والاستشارات

يُعد مركز "تريندز للبحوث والاستشارات" مؤسسة بحثية مستقلة، تأسس عام 2014، ويهتم باستشراف المستقبل في جوانبه الاستراتيجية والسياسية والاقتصادية، وتتبع القضايا العالمية المختلفة. كما يهدف المركز إلى تحليل الفرص والتحديات على مختلف الصُّعُد الجيوسياسية الراهنة، وما تحمله من متغيرات محتملة، مع محاولة إيجاد إجابات وتفسيرات علمية وموضوعية من شأنها المساهمة في التأثير في اتجاهات الأحداث مع مراعاة نواحي التحليل والنقد والاستشراف.

ويقدّم المركز، من أجل تحقيق غاياته العلمية، دراسات رصينة ذات أبعاد استشرافية مستقبلية، ويطرح أفضل البدائل الممكنة لمساعدة صنّاع القرار في معرفة التطورات الإقليمية والدولية بشكل أعمق، والاستفادة مما توفره من فرص. كما يقوم المركز برصد الاتجاهات والتغييرات الاستراتيجية والاقتصادية والإقليمية والدولية، والتنبؤ بآثارها المستقبلية، وذلك وفق الضوابط العلمية المتعارف عليها دولياً لدى أعرق مراكز التفكير والبحث العلمي.

قائمة المحتويات

مقدمة

لم تنقطع ظاهرة التنظيمات الجهادية الإرهابية في العالم العربي منذ سبعينيات القرن العشرين. وقد سار تطور هذه الظاهرة وفق نمط شبه عام مفاده أن هناك تنظيمات تظهر إلى حيز الوجود، وتستمر لفترة من الزمن، ثم تندثر لأسباب مختلفة. ويعقب ذلك أو يتزامن معه ظهور تنظيمات جديدة؛ الأمر الذي أدى إلى استمرارية هذه الظاهرة. فعلى سبيل المثال، اندثرت تنظيمات لعبت أدواراً بارزة على صعيد ممارسة العنف والإرهاب في فترات تاريخية مختلفة مثل "الجماعة الإسلامية" و"تنظيم الجهاد" في مصر، و"الجيش الإسلامي للإنقاذ"، والذي كان بمثابة الجناح العسكري لـ "الجبهة الإسلامية للإنقاذ" في الجزائر، و"الجماعة الإسلامية المقاتلة" في ليبيا. ولكن بالمقابل هناك تنظيمات جهادية إرهابية حافظت على استمراريتها، مثل "تنظيم القاعدة" الذي ترجع بدايات نشأته إلى ثمانينيات القرن العشرين، و"تنظيم داعش" الذي ترجع بدايات تأسيسه إلى عام 2004، باعتباره فرعاً تابعاً لتنظيم "القاعدة"، وبعد نحو عشر سنوات خرج من عباءة "القاعدة"، وأصبح منافساً شرساً له. وهذا التباين في قدرة التنظيمات الجهادية الإرهابية على الاستمرار يطرح سؤالاً حول أهم العوامل التي تؤدي إلى اندثار مثل هذه التنظيمات أو تعزز من قدرتها على الاستمرار.

في أعقاب إعلان الهزيمة العسكرية لتنظيم "داعش" في العراق (ديسمبر 2017) وسوريا (مارس 2019)، توقع البعض قرب نهاية التنظيم واندثاره. وقد استندوا في ذلك إلى عدة مؤشرات؛ منها: تدمير قدراته العسكرية الثقيلة، ومقتل الآلاف من مقاتليه، وفقدانه للأراضي التي كانت تحت سيطرته في كل من سوريا والعراق، والتي وفرت له مصادر تمويل سخية جعلته، لفترة من الزمن، أغنى تنظيم جهادي إرهابي على مستوى العالم. كما جاء مقتل زعيم التنظيم أبو بكر البغدادي في أكتوبر 2019

ليعزز من فرضية اندثاره[1]. ولكن رغم كل ذلك، استطاع التنظيم أن يحافظ على استمراريته، حيث إنه بعد فترة وجيزة من الكمون، عاد ليستأنف أنشطته الإرهابية في معاقله التقليدية في كل من العراق وسوريا. كما أنه عزز من فروعه وأنشطته في عديد من الدول الأخرى، وبخاصة في أفريقيا وآسيا. وجاءت جائحة كورونا، بكل ما ترتب عليها من تداعيات كارثية سواء على المستوى الاقتصادي أو الاجتماعي أو الأمني، لتخلق ظروفاً مواتية للتنظيم، مكنته من تصعيد أنشطته الإرهابية؛ الأمر الذي جعله يحتل مجدداً صدارة المشهد الجهادي الإرهابي العالمي[2].

وفي ضوء ما سبق، تهدف هذه الورقة إلى رصد وتحليل أهم العوامل التي تفسر استمرارية تنظيم "داعش"، وتغذي هذه الاستمرارية، رغم الهزيمة العسكرية الثقيلة التي مُني بها التنظيم، والضربات الأمنية الموجعة التي تلقاها. كما تسلط الورقة الضوء على ملامح مستقبل "داعش" في ضوء التحولات الراهنة على مستوى استراتيجيته الحركية وانتشاره الجغرافي من ناحية، والمستجدات الأمنية والسياسية على الصعيدين الإقليمي والدولي من ناحية أخرى. وسوف تتم مقاربة حالة "داعش" في سياق مقارن مع بعض التنظيمات الجهادية الإرهابية التي مارست العنف والإرهاب لفترات من الزمن ثم اندثرت بفعل عوامل وأسباب متعددة.

---

1.   انظر على سبيل المثال،:

Daniel L. Byman, "Worried about an Islamic State Comeback? Here's Why that's Unlikely," Brookings, November 4, 2019. https://www.brookings.edu/blog/order-from-chaos/2019/11/04/

2.   لمزيد من التفاصيل، انظر:

Andrew Hanna, "ISIS Offensive Exploits Pandemic," Article, Wilson Center, June 8, 2020. https://www.wilsoncenter.org/article/isis-offensive-exploits-pandemic

أولاً: أهم أسباب استمرارية تنظيم "داعش"

بصفة عامة، تتمثل أهم أسباب استمرارية تنظيم "داعش" في: الأيديولوجية التكفيرية التي يستند إليها التنظيم، وتحوله إلى شبكة جهادية إرهابية عابرة للحدود، وقدرته على التكيف مع المستجدات مع توفير بعض مصادر التمويل في مرحلة ما بعد الهزيمة العسكرية في العراق وسوريا. كما أن استمرار وجود دولة ضعيفة/هشة أو متصدعة يوفر بيئة ملائمة لتمدد التنظيم وغيره من الفاعلين المسلحين من غير الدول. وبالإضافة إلى ذلك، فإن فشل استراتيجيات مكافحة الإرهاب في تجفيف منابع التطرف، وإحكام السيطرة على مصادر تمويل "داعش" يمثل أحد العناصر الهامة التي تفسر استمرارية التنظيم. وتعرض الورقة لكل من هذه العوامل بشيء من التفصيل.

1-الأيديولوجية التكفيرية واستبعاد إمكانية المراجعة الفكرية

تعتبر الأيديولوجية من أهم العوامل التي تفسر استمرارية التنظيمات الجهادية الإرهابية مثل "تنظيم داعش". فالأطر الأيديولوجية والفكرية لهذه التنظيمات العقائدية المغلقة تقوم على أساس احتكار الحقيقة، ونظرة كل تنظيم إلى ذاته على أنه المُعبر عن الإسلام الصحيح حسب تصوره. وبذلك تشكل الأيديولوجية الإطار الذي يحكم حركة التنظيم، والرابط الذي يجمع بين أعضائه. وفي هذا الإطار، فإن التنظيم قد يضعف، بل قد يدخل مرحلة كمون لسبب أو لآخر، إلا أنه يظل مستمراً مادامت الأيديولوجية التي يتبناها باقية، وقد تتمثل استمراريته في ظهور تنظيمات جديدة تتبنى نفس أفكاره.

وبخصوص تنظيم "داعش" تندرج أيديولوجيته التكفيرية في إطار المنظومة الفكرية للسلفية الجهادية، والتي تستند إلى أفكار وتصورات وتفسيرات تتمحور حول مفاهيم ومقولات عدة مثل: الجاهلية والحاكمية والتكفير والعصبة المؤمنة والطاغوت والتغيير بالقوة. وبرغم أن الفكر السلفي الجهادي له مصادره وجذوره وامتداداته التاريخية البعيدة والقريبة، فإن القيادي الإخواني "سيد قطب" يُعد مرجعاً رئيسياً لهذا الفكر في

العصر الحديث، حيث أسس أيديولوجية تكفيرية شاملة، جعلت منه مصدراً فكرياً رئيسياً للتنظيمات الجهادية الراديكالية التي تسلك نهج العنف والإرهاب.

وأهم ما يميز أيديولوجية تنظيم "داعش" في إطار السلفية الجهادية هو أنه بلغ بالفكر الجهادي التكفيري حدوداً قصوى، حيث قدم حتى الآن النسخة الأكثر تطرفاً وتشدداً ووحشية ضمن منظومة هذا الفكر لدرجة أن "تنظيم القاعدة" راح يتهم "داعش" بالتطرف والتشدد، حيث بدا الأخير وكأنه يمثل ثقافة تكفيرية داخل التيار التكفيري ذاته[3]. وفي هذا الإطار، يبالغ "داعش" في مسألة التكفير، فهو يكفر الحكام ومَن والاهم، ويكفر من لم يكفر الفئتين معاً. كما يكفر التنظيمات الجهادية الأخرى التي لم تبايعه؛ ما يعني أن دائرة التكفير في رؤية "داعش" تشمل الجميع ماعدا المنتمين للتنظيم.

كما يركز التنظيم على مسألة الجهاد، حيث يعتبره ركناً من أركان الإسلام. ويؤمن بالجهاد الهجومي لمواجهة العدو القريب أولاً، وهو المتمثل في النظم الحاكمة والمؤسسات والطوائف في بلدان المسلمين. وفي مرحلة تالية تأتي مواجهة العدو البعيد المتمثل في "الغرب الصليبي" حسب تصوره. واستناداً إلى هذه الأيديولوجية التكفيرية، اتسمت ممارسات "داعش" بالوحشية والهمجية من حيث المبالغة في القتل والاستهانة بالدماء، ناهيك عن نهجه الصارم في التعامل مع الأقليات الدينية والطائفية والعرقية[4]. ونظراً لأن هناك جماعات وتنظيمات تبنت هذا الفكر في عديد

---

3. لمزيد من التفاصيل، انظر:

Hassan Hassan,"The Sectarianism of the Islamic State: Ideological Roots and Political Context," Research Paper, Carnegie Endowment for International Peace, June 2016, p.1.

4. لمزيد من التفاصيل حول فكر التنظيم، انظر:

Hassan Abu Hanieh & Dr. Mohamed Abu Rumman, The "Islamic State" Organization: The Sunni Crisis and the Struggle of Global Jihadism (Amman: FES Jordan & Iraq,2015), Chapter 1; Cole Bunzel," From Paper State to Caliphate: The Ideology of the Islamic State," The Brookings Project on U. S. Relations with Islamic World, Analysis Paper, No. 19 (March 2015), pp.7 -11.

من الدول، فقد أصبحت تمثل فروعاً أو امتدادات لتنظيم "داعش"؛ الأمر الذي يعزز من قدرته على الاستمرارية.

وفي ضوء خصوصية الأيديولوجية التكفيرية لـ "تنظيم داعش"، وتحوله إلى تنظيم شبكي له فروعه وخلاياه المنشرة في عديد من الدول، فإنه من المستبعد قيام التنظيم بمراجعات فكرية تفضي إلى تخليه عن نهج العنف والإرهاب، وذلك على غرار ما قامت به تنظيمات جهادية في أوقات سابقة مثل تنظيمي "الجماعة الإسلامية" و"الجهاد" في مصر، و"الجماعة الإسلامية المقاتلة" في ليبيا وغيرها.

ومما يرجح ذلك هو اختلاف طبيعة "داعش" عن هذه التنظيمات، التي كانت في الأغلب الأعم تنظيمات مركزية، تعمل في إطار حدود دول وطنية. ومن ثم فإن المراجعات التي قامت بها هذه التنظيمات، والتي جاءت في أعقاب ضربات أمنية موجعة وُجهت إليها، لقيت قبولاً من جانب معظم أعضائها، وكذلك من جانب النظم الحاكمة. كما اقترنت هذه المراجعات أحياناً ببرامج حكومية انطوت على تقديم محفزات مثل العفو عن أعداد من المعتقلين من أعضاء التنظيمات المعنية بشروط معينة، ونزع السلاح، وإعادة تأهيل أعضاء هذه التنظيمات مع إعادة إدماجهم في المجتمع من جديد[5]. وهذه الأمور لا تنطبق في حالة تنظيم "داعش"؛ ما يجعل فكرة المراجعات الفكرية مستبعدة تماماً، بالإضافة إلى أن خليفة البغدادي في قيادة التنظيم أبو إبراهيم الهاشمي القرشي معروف بتطرفه الشديد ووحشيته[6].

---

5. لمزيد من التفاصيل، انظر:

Omar Ashour, "Ending Jihadism? The Transformation of Armed Islamist Movements, Sada: Middle East Analysis, Carnegie Endowment for International Peace, September 9, 2009. https://carnegieendowment.org/sada/23805

6. لمزيد من التفاصيل، انظر: ضابط سابق بالجيش العراقي، وعرف بـ "المدمر".. من هو "بروفيسور" داعش؟ الحرة، 22 2020/7/. https://www.alhurra.com/iraq/2020/07/22/

Omar Ashour, The De-Radicalization of Jihadists: Transforming Armed Islamist Movements (London: Routledge, 2009).

2-تحول "داعش" إلى شبكة جهادية إرهابية عابرة للحدود

خلال الفترة الذهبية لصعود تنظيم "داعش" بايعته تنظيمات جهادية عديدة، وأصبحت بمنزلة فروع له. وفي أعقاب هزيمته العسكرية في كل من العراق وسوريا وتفكيك دولته المزعومة "دولة الخلافة الإسلامية"، ركز على إحياء دوره في كل من سوريا والعراق وفق استراتيجية جديدة - سيأتي الحديث عنها بالتفصيل - من ناحية، وتوسيع نطاق أنشطته الخارجية من ناحية أخرى. وبذلك تحول "داعش" إلى شبكة جهادية إرهابية عابرة لحدود الدول. فهناك مجموعات وخلايا تابعة له في عدد من الدول العربية، مثل مصر وليبيا واليمن وتونس والجزائر والمغرب والصومال والسودان وغيرها[7].

وثمة فروع أخرى لـ "داعش" تُعرف باسم "الولايات الخارجية"، وهي منتشرة في عدد من الدول الآسيوية والأفريقية، ومن هذه الفروع تنظيم "ولاية خراسان" الذي ينشط في أفغانستان. وقد اتجه التنظيم نحو تصعيد عملياته في أعقاب انسحاب الولايات المتحدة الأمريكية من أفغانستان، وعودة حركة طالبان للسيطرة على السلطة من جديد. وفي الفلبين تنشط "جماعة أبو سياف" وغيرها من التنظيمات الجهادية الموالية لـ "داعش"[8].

---

7. لمزيد من التفاصيل، انظر: د. وحيد عبدالمجيد، "هل تصمد شبكة داعش؟" الاتحاد، 2019/11/12.
   https://www.alittihad.ae/wejhatarticle/104287/

8. لمزيد من التفاصيل، انظر:

Amira Jadoon, "Islamic State in Khorasan: Attempting to Absorb Rival Groups," Special Analysis, Center for Global Policy, June 9, 2020. https://cgpolicy.org/articles/islamic-state-in-khorasan-attempting-to-absorb-rival-groups/; Namrata Goswami, "ISIS in South and Southeast Asia," Indo - Pacific Forum, January 27, 2020. https://ipdefenseforum.com/isis-in-south-and-southeast-asia/; Zachary Abuza and Colin P. Clarke, "The Islamic State Meets Southeast Asia," Foreign Affairs, September 16, 2019. https://www.foreignaffairs.com/articles/southeast-asia/2019-09-16/islamic-state-meets-southeast-asia; Gavin Helf, "Central Asia Leads the way on Islamic State Returnees," United States Institute of Peace, September 13, 2019. https://www.usip.org/blog/2019/09/central-asia-leads-way-islamic-state-returnees

وهناك عدة فروع تابعة للتنظيم في أفريقيا، من أبرزها: تنظيم "ولاية غرب أفريقيا"، الذي ينشط في كل من نيجيريا والنيجر وتشاد والكاميرون وبوركينا فاسو ومالي، وتنظيم "ولاية وسط أفريقيا"، الذي يتخذ من جمهورية الكونغو الديمقراطية معقلاً له، وتنظيم "الدولة الإسلامية في الصحراء الكبرى" الذي ينشط في منطقة المثلث الحدودي بين مالي والنيجر وبوركينا فاسو. وتُعتبر فروع "داعش" في وسط وغرب أفريقيا من أكثر فروعه نشاطاً في الوقت الراهن، فهي قادرة على تنفيذ عمليات كبيرة نسبياً، واحتلال بعض الأراضي والبلدات في بعض الدول المعنية ولو بصفة مؤقتة، فضلاً عن تأمين المزيد من مصادر التمويل[9]. وبالإضافة إلى تنظيم "داعش"، تُعد منطقة وسط وغرب أفريقيا معقلاً لتنظيم "القاعدة" أيضاً. ويتنافس التنظيمان من أجل تصدر مشهد الحركة الجهادية الإرهابية في المنطقة. وعلى الرغم من انخراط جيوش عديد من دول المنطقة وبعض القوى الدولية في مواجهة التنظيمين وغيرهما من التنظيمات الإرهابية، فإن هذه التنظيمات لاتزال تشكل خطراً، وبخاصة في ظل التأثيرات الكارثية لجائحة كورونا[10].

---

9. لمزيد من التفاصيل، انظر:

Jacob Zenn, "ISIS in Africa: The Caliphate's Next Frontier," Terrain Assessment, Center for Global Policy, May 26, 2020. https://cgpolicy.org/articles/isis-in-africa-the-caliphates-next-frontier/; Cai Nebe, "Islamic State poses growing threat across Africa," DW, 15l7l2021. https://www.dw.com/en/islamic-state-poses-growing-threat-across-africa/a-58281416; Jason Burke, "Isis-linked Groups Open up New Fronts across Sub-Saharan Africa," The Guardian, June 25, 2021. https://www.theguardian.com/world/2021/jun/25/; Eleanor Beevor and Flore Berger, "ISIS Militants Pose Growing Threat Across Africa," Analysis, IISS, June 2, 2020. https://www.iiss.org/blogs/analysis/2020/06/csdp-isis-militants-africa

10. لمزيد من التفاصيل، انظر:

Muneer Binwaber, "Why Do African Sahel Countries Need More International Support?" Artide, *European Eye on Radicalization, 5/3/2020.* https://eeradicalization.com/why-do-african-sahel-countries-need-more-international-support/; Jacob Zenn and Colin P. Clarke, "Al Qaeda and ISIS Had a Truce in Africa-Until They Didn't," Foreign Policy, May 26, 2020. https://foreignpolicy.com/2020/05/26/

وعلى الرغم من أن التنظيمات المُشار إليها (الولايات الخارجية) ترتبط أيديولوجياً وفكرياً بتنظيم "داعش"، فإنها تتمتع بنوع من الاستقلالية على مستوى استراتيجيتها الحركية ومصادر تمويلها؛ فكل تنظيم يتصرف في ضوء الظروف والمعطيات السياسية والأمنية والمجتمعية المحيطة به، وهو ما ينعكس على خططه وقراراته بشأن العمليات الإرهابية التي ينفذها. كما يسعى كل تنظيم إلى تدبير الموارد اللازمة من أجل تمويل أنشطته. ويأتي ذلك في إطار توجه "داعش" نحو مزيد من اللامركزية، وبخاصة في أعقاب هزيمته العسكرية في كل من سوريا والعراق.

ويعزز الانتشار الجغرافي لتنظيم "داعش" من فرص استمراريته، حيث إن محاصرة فرع من فروعه في دولة ما وإضعاف دوره أو حتى إنهاء وجوده لا يعني بحال من الأحوال إضعاف الفروع الأخرى. كما أن فكرة التمدد الجغرافي للتنظيم تشجع على ظهور فروع أخرى موالية له. وبالإضافة إلى ذلك، فإن بعض فروع التنظيم يمكن أن تتعاون وتنسق فيما بينها على النحو الذي يعزز من أدوارها.

3-القدرة على التكيف مع المستجدات

في أعقاب هزيمته العسكرية في كل من سوريا والعراق، قام تنظيم "داعش" بتغيير استراتيجيته الحركية من أجل التكيف مع المستجدات؛ فخلال فترة صعوده في ظل ما أسماه بـ "دولة الخلافة الإسلامية" رفع التنظيم شعار "باقية وتتمدد"، وانخرط في الإدارة اليومية لشؤون المناطق الواقعة تحت سيطرته في كل من سوريا والعراق[11]. ولكن بعد فقدانه لهذه المناطق، والتي كانت تفوق مساحة دولة في حجم بريطانيا، نتيجة لهزيمته العسكرية، راح يغير من استراتيجيته الحركية داخل الدولتين. ومن أبرز مظاهر هذا التغيير هو الاتجاه نحو مزيد من اللامركزية في أنشطة التنظيم؛ ما يعطي فروعه وخلاياه

---

11. لمزيد من التفاصيل، انظر:

Lina Khatib," The Islamic State's Strategy: Lasting and Expanding," Carnegie Middle East Center, Carnegie Endowment for International peace, June 2015.

مساحة أوسع للحركة. كما تخلي التنظيم عن فكرة السيطرة على مناطق جغرافية والتمسك بها، واتجه نحو العمل السري بدلاً من المواجهات المفتوحة التي خاضها دفاعاً عن الأراضي التي كانت تحت سيطرته.

وتركز الاستراتيجية الجديدة للتنظيم على إنهاك الخصوم واستنزافهم من خلال تكثيف العمليات الإرهابية الخاطفة التي تعتمد على أساليب حرب العصابات من حيث تنفيذ عمليات سريعة ثم الاختفاء بعيداً عن الأنظار في مناطق وعرة يصعب الوصول إليها من قبل قوات الأمن. وفي هذا الإطار، بدأ مقاتلو التنظيم يتمركزون في البادية السورية حيث الوديان والكهوف، وكذلك في المناطق الصحراوية والجبلية في غرب وشمال غربي العراق[12].

كما تنوعت الأساليب الإرهابية التي يمارسها التنظيم، ومنها على سبيل المثال: تنفيذ هجمات خاطفة باستخدام أسلحة خفيفة ومتوسطة، ونصب العبوات الناسفة، والتفجيرات الانتحارية وغيرها. وهي في معظمها أساليب منخفضة التكلفة، حيث لا يحتاج تنفيذها إلى ميزانيات مالية ضخمة. وإذا كان التنظيم قد ركز في عملياته على استهداف وحدات من الجيش السوري والجيش العراقي وقوات سوريا الديمقراطية وقوات الحشد الشعبي، فإنه لم يتورع في استهداف تجمعات للمدنيين في الأسواق وغيرها. كما اتجه التنظيم خلال عام 2021 إلى استهداف مرافق اقتصادية وخدمية مثل أبراج الكهرباء وخطوط نقل الطاقة، وذلك بقصد إحراج الحكومتين، السورية والعراقية، وإظهار عجزهما عن توفير الأمن والحماية للدولة والمجتمع[13].

---

12. لمزيد من التفاصيل، انظر:

مركز الإمارات للسياسات، "عودة نشاط داعش في سوريا: الدوافع والتداعيات"، قضايا متخصصة، مركز الإمارات للسياسات، 19/11/ 2020. -https://epc.ae/ar/topic/resurgence-of-isis-activities-in syria-motivations-and-consequences ؛ داعش، "هل يسيطر مجدداً على أراض بسوريا والعراق؟،" سكاي نيوز عربية، 15/3/2021. https://www.skynewsarabia.com/middle-east/1421816

13. لمزيد من التفاصيل، انظر: وليد عبدالرحمن، "داعش يستعيد أساليب إرهابية قديمة،" جريدة الشرق الأوسط اللندنية، 2/2/2020. /https://aawsat.com/home/article/2110916 من يقف خلفها... عودة عمليات استهداف أبراج الطاقة في العراق،RT ، 5/8/2021. https://arabic.rt.com/middle_east/1259270-

وبالإضافة إلى ما سبق، تركز استراتيجية التنظيم في مرحلة ما بعد هزيمته العسكرية في سوريا والعراق على تعزيز حضوره في مناطق أخرى، وبخاصة في آسيا وأفريقيا، حيث يوجد العديد من الفروع (الولايات) النشطة التابعة للتنظيم على نحو ما سبق ذكره. وهو الأمر الذي يجعله في صدارة المشهد الجهادي الإرهابي العالمي في الوقت الراهن.

وتعزز كافة العوامل السابقة من قدرة التنظيم على الاستمرارية، حيث تؤكد قدرته على التكيف السريع مع المستجدات؛ إذ إنه تأقلم بسرعة لافتة مع فقدانه الأراضي ومصادر التمويل التي كانت تحت سيطرته، ومقتل الآلاف من مقاتليه، واغتيال زعيمه أبي بكر البغدادي.

4- تأمين بعض مصادر التمويل

في أعقاب هزيمته العسكرية في كل من العراق وسوريا، فقد "داعش" الكثير من مصادر التمويل التي كانت توفر له أموالاً طائلة. وبالرغم من ذلك، ظل التنظيم قادراً على تأمين بعض الموارد لتمويل أنشطته الإرهابية، لاسيما وأن نفقاته في سوريا والعراق انخفضت كثيراً بعد تفكيك دولته المزعومة من ناحية، وتقلص عدد مقاتليه إلى حد كبير من ناحية ثانية، وانخراطه في ممارسة ما يُسمى بـ "الإرهاب الرخيص"، أي منخفض التكلفة المالية، من ناحية ثالثة.

ومع الأخذ في الاعتبار عدم توافر معلومات دقيقة عن مصادر تمويل "داعش" في الوقت الراهن، وحجم هذا التمويل، إلا أنه من المعروف أن الولايات الخارجية التابعة للتنظيم تتولى في الأغلب الأعم تمويل أنشطتها. أما بخصوص أنشطته في كل من سوريا والعراق فتشير بعض التقارير والدراسات إلى اعتماده على مصادر عدة للتمويل؛ منها الاحتياطات من النقد والذهب التي تُقدرها بعض المصادر بمئات الملايين من الدولارات، والتي تمكن التنظيم من تهريبها والاحتفاظ بها بشكل أو بآخر قبل سقوط آخر معاقله في كل من سوريا والعراق، والاستثمارات التابعة له (تحت واجهات مختلفة) في كل من سوريا والعراق وتركيا، فضلاً عن قيامه بفرض إتاوات على السكان المحليين في بعض مناطق سوريا والعراق، وبخاصة في البوادي

والأرياف. يُضاف إلى ذلك شبكة الأنشطة الإجرامية غير المشروعة التي ينخرط فيها التنظيم مثل تهريب السلع، وبخاصة عبر الحدود السورية - العراقية، وتجارة المخدرات والاختطاف والسرقة وغيرها[14].

5-استمرارية ظاهرة الدول الضعيفة/الهشة والمتصدعة

تمثل الدول الضعيفة/الهشة والمتصدعة بيئات ملائمة لظهور الفاعلين المسلحين من غير الدول وتمدد أنشطتهم. وتعاني هذه الدول بدرجات متفاوتة وأشكال مختلفة عدم قدرتها على احتكار حق الاستخدام المشروع للقوة، الذي يمثل أهم سمة من سمات الدولة الوطنية. وهذا مرده الافتقار إلى وجود سلطة مركزية قوية قادرة على فرض سيطرتها على إقليم الدولة، وضعف القدرات العسكرية والأمنية، ما يسمح بوجود فراغات أمنية يستغلها الفاعلون المسلحون من غير الدول لتمديد أدوارهم. كما تعجز الدول الضعيفة/الهشة والمتصدعة عن توفير الأمن والحماية لمواطنيها، فضلاً عن عدم قدرتها على تزويدهم باحتياجاتهم الأساسية في مجالات التعليم والرعاية الصحية والمستوى المعيشي المناسب، ما يؤدي إلى تفاقم مشكلات الفقر والبطالة، ويجعل فئات من السكان تحت رحمة فاعلين مسلحين من غير الدول يسيطرون على مناطق جغرافية في بعض هذه الدول. كما تعاني الدول المعنية الصراعات الإثنية والطائفية، واستشراء الفساد، والتدخلات الخارجية في شؤونها الداخلية[15].

---

14. لمزيد من التفاصيل، انظر: بسمة فايد، "مكافحة الإرهاب.. عودة داعش في العراق.. الأسباب وحجم المخاطر،" تقارير، المركز الأوربي لدراسات مكافحة الإرهاب والاستخبارات، 18 مايو 2020. https://www.europarabct.com

Patrick B. Johnston, Mona Alami, Colin P. Clarke, Howard J. Shatz, Return and Expand? The Finances and Prospects of the Islamic State After the Caliphate (Santa Monica, Calif.: RAND Corporation, 2019), pp. 56 -61; Husham Al-Hashimi, "ISIS on the Iraqi-Syrian Border: Thriving Smuggling Networks," Terrain Assessment, Center for Global Policy, June 16, 2020. https://cgpolicy.org/category/terrain-assessment/

15. لمزيد من التفاصيل، انظر:

Denisa Kostovicova and Vesna Bojicic-Dezelilovic, (eds.), Persistent State weakness in the Global Age (Burlington: Ashgate, 2009).

وبالنظر إلى خريطة الانتشار الجغرافي لتنظيم "داعش"، يُلاحظ أن التنظيم يتمدد بصفة عامة في دول ضعيفة ومتصدعة، مثل: سوريا والعراق واليمن وليبيا وأفغانستان واليمن والصومال ودول منطقة الساحل والصحراء في أفريقيا[16]. وإذا كان دور التنظيم يبرز في هذه الدول، فإن وجوده لا يقتصر عليها، حيث إن له فروعاً وخلايا في دول أخرى مثل مصر (تنظيم ولاية سيناء)، والفلبين (جماعة أبو سياف وغيرها)، وروسيا حيث إنه كثيراً ما أعلنت الأجهزة الأمنية الروسية عن إحباط هجمات لتنظيم "داعش". كما أن دولاً أخرى عديدة أعلنت في مناسبات مختلفة عن تفكيك خلايا تابعة للتنظيم، أو توقيف بعض أعضائه. ولكن نظراً لأن الدول القوية، أي التي لا تعاني مظاهر الهشاشة والتصدع بالمعنى سالف الذكر، تمتلك القدرة على محاصرة التنظيم والحد من أنشطته، تبقى الدول الضعيفة والمتصدعة هي التي توفر ملاذات آمنة له، حيث تعجز الدولة عن فرض سيطرتها على إقليمها، ما يسمح لـ"داعش" وغيره من الفاعلين المسلحين من غير الدول بالتمدد والانتشار[17].

ولاشك أن استمرار ظاهرة ضعف الدولة وتصدعها في عدد من الأقطار التي ينتشر فيها "داعش"، إنما يمثل أحد العوامل المهمة لتغذية استمرارية التنظيم. فمعظم الدول المعنية تعاني أزمات ومشكلات بنيوية حادة من أبرزها الصراعات الداخلية، وحركات التمرد، وضعف أو تفكك أجهزة الدولة ومؤسساتها، واستشراء الفساد، وتفاقم حدة المشكلات الاقتصادية والاجتماعية، وخاصة ما يتعلق بزيادة معدلات التهميش

---

16. لمزيد من التفاصيل، انظر:

Natalie Fiertz, (ed.), Fragile States Index Annual Report 2021 (Washington, DC.: The Fund for Peace, 20021). https://fragilestatesindex.org/wp-content/uploads/2021/05/fsi2021-report.pdf

17. لمزيد من التفاصيل، انظر:

TAnthony H. Cordesman, "The Real-World Capabilities of ISIS: The Threat Continues," Working Draft, Center for Strategic and International Studies, September 9, 2020. https://csis-website-prod.s3.amazonaws.com/s3fs-public/publication/200909_The_Status_of_ISIS.pdf; Mina al-Lami, "Where Is the Islamic State Group Still Active around the world?" B B C News, March 27, 2019.

الاقتصادي والاجتماعي[18]. وفي ضوء ذلك، فإن إعادة بناء هذه الدول على أسس ومبادئ المواطنة وسيادة القانون، وتنفيذ خطط جادة لتحقيق السلام والتنمية والعدالة الاجتماعية هو أمر له شروط ومتطلبات عديدة. ولكن مؤشرات عدة ترجح صعوبة توفير هذه الشروط وإنضاجها في معظم الحالات، على الأقل، خلال الأجلين القصير والمتوسط.

ويُعد العراق حالة نموذجية بهذا الخصوص؛ ففي أعقاب إطاحة نظام صدام حسين في عام 2003، تم تفكيك أجهزة الدولة العراقية ومؤسساتها وخاصة الجيش وقوات الأمن. وأخفقت الحكومات العراقية المتعاقبة في إعادة بناء الدولة على أسس جديدة، الأمر الذي مكّن "داعش" من احتلال نحو ثلث مساحة العراق في عام 2014. ورغم الإعلان عن الهزيمة العسكرية للتنظيم في ديسمبر 2017، فإنه نجح في إعادة تموضعه على الساحة العراقية مرة أخرى، وبات يشكّل تحدياً كبيراً للدولة والمجتمع. وما ساعد على ذلك هو استمرار تعثر عملية إعادة بناء الدولة العراقية، في ظل كثرة الانقسامات والصراعات السياسية ووجود نظام يقوم على المحاصصة الطائفية، وعجز الحكومات العراقية المتعاقبة عن فرض سيطرتها على كامل أراضي الدولة ومنافذها البرية والبحرية، وعجزها كذلك عن إخضاع الفصائل المسلحة الموالية لإيران لسلطة القانون، ناهيك عن استشراء الفساد، والفشل في إعادة إعمار المناطق التي كانت تحت سيطرة "داعش". يُضاف إلى ذلك تمدد الدور الإيراني في السياسة الداخلية للعراق، ووقوع الحكومة العراقية بين مطرقة إيران وسندان الولايات المتحدة الأمريكية. وجاءت جائحة "كورونا" لتجعل الأوضاع أكثر تدهوراً[19]. وإذا كان هذا هو واقع الحال في دولة نفطية

---

18. انظر على سبيل المثال:

Mehran Kamrava, (ed.), Fragile Politics: Weak States in the Greater Middle East (London: C. Hurst and Co. Publishers, Ltd., 2016).

19. لمزيد من التفاصيل، انظر:

Farhad Alaaldin, "A State in Collapse: Iraq's Security and Governance Failures," Policy Analysis / Fikra Forum, Washington Institute for Near East Policy, June 2, 2021. https://www.washingtoninstitute.org/ar/policy-analysis/dwlt-tthawy-fshl-amn-alraq-wnzamh-alsyasy; John Calabrese, "Iraq's Fragile State in the Time of Covied-19," Middle East Institute, December 8, 2020. https://www.mei.edu/publications/iraqs-fragile-state-time-covid-19

بحجم العراق، فالأوضاع في كثير من الدول الأخرى التي يتمدد فيها "داعش" لا تقل سوءاً إن لم تكن أسوأ بكثير.

وفي ضوء ما سبق، يمكن القول: إن عنصر قوة الدولة أو ضعفها يمثل أحد المحددات المهمة في تفسير استمرارية التنظيمات الجهادية الإرهابية أو اندثارها. فالدول القوية قد تتعرض لهجمات إرهابية، وقد تظهر فيها تنظيمات جهادية متطرفة، إلا أنها تمتلك القدرة على التعامل مع هذه التحديات بفاعلية وكفاءة. وهذا ما حدث في دول، مثل: مصر وليبيا القذافي والجزائر وغيرها في فترات سابقة، حيث ظهرت في هذه الدول تنظيمات جهادية إرهابية، وارتكبت الكثير من أعمال العنف والإرهاب، إلا أن الدولة كانت قادرة في نهاية المطاف على التصدي لها. فالضربات الأمنية الموجعة أدت إلى اندثار بعض التنظيمات، وقيام تنظيمات أخرى بمراجعات فكرية تخلت بموجبها عن نهج العنف والإرهاب. كما أن دور التنظيمات الجهادية الإرهابية لم يبرز في كل من العراق وسوريا إلا بعد تفكيك الدولة العراقية إثر الغزو والاحتلال الأمريكي للعراق في عام 2003، واندلاع الحرب الأهلية في سوريا في ظل تداعيات ما يُعرف بـ "الربيع العربي" في عام 2011. وفي ضوء ذلك، فإنه ليس من قبيل المصادفة أن يتمدد تنظيم "داعش" وتتصاعد أنشطته الإرهابية في دول ضعيفة ومتصدعة على نحو ما سبق ذكره.

6- اقتصار مواجهة "داعش" على الجانبين العسكري والأمني

من المعروف أن هزيمة "داعش" في كل من سوريا والعراق استغرقت أكثر من أربع سنوات من المواجهات المسلحة، التي شاركت فيها إلى جانب الجيش وقوات الأمن في كل من البلدين أطراف إقليمية ودولية عديدة، مثل: روسيا وإيران وأكبر تحالف دولي عسكري في العصر الحديث، وهو التحالف الدولي لمحاربة تنظيم "داعش" بقيادة الولايات المتحدة الأمريكية. ورغم إعلان الهزيمة العسكرية للتنظيم في العراق وسوريا، فإن ذلك لم يقضِ عليه، حيث أعاد تكييف استراتيجيته في ضوء المستجدات، وبدأ يصعّد من عملياته الإرهابية داخل الدولتين مرة أخرى. كما راح يتمدد في دول أخرى على نحو ما سبق ذكره.

وتتمثل نقطة الضعف الرئيسية في استراتيجيات مكافحة الإرهاب الذي يمثله تنظيم "داعش" وغيره من التنظيمات الإرهابية، في التركيز على الجوانب العسكرية والأمنية في عملية المواجهة. وعلى الرغم من أهمية البُعدين الأمني والعسكري في كسر شوكة التنظيمات الإرهابية، وتدمير قدرتها العسكرية، وقتل قياداتها، فإن ذلك لا يكفي لتجفيف منابع التطرف والإرهاب. فالأزمات البنيوية الحادة والمتزامنة التي تعانيها الدول الضعيفة والمتصدعة تجعلها بيئات ملائمة لتفريخ التطرف والإرهاب. وبالتالي، فإن مكافحة الإرهاب لابد أن تستند إلى منظور شامل ينطوي على معالجة أسبابه دون التقليل من أهمية المواجهة العسكرية/الأمنية للتنظيمات الإرهابية[20]. فالتحالف الدولي لمحاربة تنظيم "داعش" قام بدور مهم في هزيمته عسكرياً في كل من سوريا والعراق، إلا أن ذلك لا يعني معالجة المشكلات والأزمات البنيوية التي تعانيها الدولتان، والتي أدت إلى تمدد التنظيم فيهما من قبل. فاستمرار هذه المشكلات مكّن "داعش" من استئناف أنشطته الإرهابية بسرعة قياسية. وينطبق الأمر نفسه على الدول الآسيوية والأفريقية التي يتمدد فيها التنظيم.

ثانياً: في مستقبل تنظيم "داعش"

إذا كانت العوامل السالفة الذكر المرتبطة بأيديولوجية تنظيم "داعش"، وقدرته على التكيف مع المستجدات مع تأمين بعض مصادر التمويل، وتحوله إلى شبكة جهادية إرهابية عابرة للحدود، واستمرار ظاهرة الدول الضعيفة/الهشة والمتصدعة التي ينتشر فيها تساعد على استمرارية التنظيم، فإن هناك مسألتين مهمتين أخريين وثيقتي الصلة بمستقبله، وهما: مقاتلو داعش المحتجزون في سجون تشرف عليها "قوات

---

20 . انظر على سبيل المثال:

Douglas London, "Rethinking US Counterterrorism Strategy," Policy Paper, Middle East Institute, July 2020. https://www.mei.edu/sites/default/files/2020-07/Rethinking%20US%20Counterterrorism%20Strategy.pdf

سوريا الديمقراطية"، ونساء وأطفال "داعش" في مخيم الهول بمدينة الحسكة في شمال شرق سوريا.

لا توجد إحصاءات دقيقة بشأن عدد مقاتلي "داعش" المحتجزين داخل سجون تقوم على حراستها "قوات سوريا الديمقراطية" في شمال شرق سوريا. وحسب تصريحات لوزير الخارجية الأمريكي، أنتوني بلينكن، نُشرت بتاريخ 2021/6/28، فإن عدد هؤلاء المحتجزين يصل إلى نحو عشرة آلاف، معظمهم من السوريين والعراقيين، فيما ينتمي آخرون منهم إلى أكثر من خمسين دولة، منها دول غربية مثل: ألمانيا وفرنسا وهولندا وبريطانيا وغيرها. وترفض كثير من الدول استقبال المسجونين من مواطنيها. وقد طالبت "قوات سوريا الديمقراطية" في غير مرة بتشكيل محكمة دولية لمحاكمة هؤلاء، إلا أن هذا المُقترح لم يجد طريقه إلى التنفيذ[21].

وتشكل السجون التي تضم مقاتلي "داعش" معضلة بالنسبة إلى "قوات سوريا الديمقراطية" سواء من حيث وسائل التأمين والمراقبة، أو توفير سبل الإعاشة والعلاج للمحتجزين. ومبعث الخطورة هنا أن بعض مقاتلي "داعش" قد يتمكنون من الفرار من هذه السجون وخاصة في ظل تعقيدات الأوضاع الأمنية والسياسية في المنطقة، وضعف احتمالات التوصل إلى تسوية سياسية شاملة للأزمة السورية خلال الأجلين القصير والمتوسط على الأقل. وقد حدث بالفعل أن المئات من هؤلاء السجناء قد هربوا من بعض هذه السجون في فترات سابقة، أو قاموا بأعمال شغب داخل بعض السجون. وهناك الكثير من الهواجس والتساؤلات المثارة في الوقت الراهن بشأن حدود قدرة "قوات سوريا الديمقراطية" على الاستمرار في تأمين هذه السجون بالفاعلية المطلوبة. ومن هنا، فإن سجناء "داعش" باتوا يمثلون قنبلة موقوتة قد تنفجر في أي

---

21. لمزيد من التفاصيل، انظر:

بلينكن: 10 آلاف مقاتل من "داعش" محتجزون لدى قوات سوريا الديمقراطية، جريدة الشرق الأوسط اللندنية، 2021/6/28. https://aawsat.com/home/article/3051656/

لحظة في حال عدم إيجاد حل جذري لهذه المعضلة، ولاسيما أن هروب أعداد من هؤلاء السجناء وانضمامهم إلى "داعش" سوف يعزز من قدرات التنظيم[22].

ومن ناحية أخرى قامت "قوات سوريا الديمقراطية" بالإفراج عن أعداد من المعتقلين السوريين من مقاتلي تنظيم "داعش"؛ وذلك بسبب وساطات عشائرية، أو ضمن عفو صادر في مناسبات معينة، أو بسبب التخوف من تفشي وباء كورونا. والمشكلة هنا أن الإفراج عن بعض المعتقلين لم يكن مصحوباً بأي برامج لتصحيح أفكار هم ومعتقداتهم التي تشرّبوها من تنظيم "داعش"، أو العمل على إعادة تأهيلهم ودمجهم من جديد في مجتمعاتهم المحلية؛ ولذلك فمن غير المستبعد عودتهم لصفوف "داعش" مرة أخرى[23].

وبخصوص مخيم "الهول" الواقع في ريف محافظة الحسكة السورية، فهو يضم عشرات الآلاف من النازحين واللاجئين، من بينهم أكثر من (12) ألف من نساء "داعش" وأطفالهن (يمثل الأطفال أكثر من 60%). ويقع المخيم تحت حراسة "قوات سوريا الديمقراطية"، وهو يعاني تردي مستوى المرافق والخدمات، وانتشار التوترات وأعمال العنف والجريمة، فضلاً عن غياب برامج التأهيل، وخاصة في ظل محدودية الدعم الدولي. وفي ظل هذه الأوضاع المعقدة، بات المخيم يمثل بيئة حاضنة للفكر التكفيري لتنظيم "داعش"، ولاسيما أن الحياة داخله تشبه إلى حد كبير الحياة في دولة الخلافة التي سبق أن أسسها التنظيم على أراضٍ سورية وعراقية من قبل. ومبعث الخطورة هنا هو أن "داعش" استطاع تعزيز حضوره داخل المخيم من خلال أذرع موالية له. كما أن معظم أطفال

---

22. لمزيد من التفاصيل، انظر:

نوروز رشو، "عناصر داعش لدى "قسد".. تحذير من عواقب الإهمال ومطالبة بمحكمة دولية،" الحرة، 2021/6/23. https://www.alhurra.com/syria/2021/06/23

23. لمزيد من التفاصيل، انظر:

Mohammed Hassan, "How Have the AANES's Policies Contributed to the Resurgence of ISIS," Middle East Institute, May 5, 2021. https://www.mei.edu/publications/how-have-aaness-policies-contributed-resurgence-isis

"داعش"، الذين أطلق عليهم التنظيم اسم "أشبال الخلافة"، لا يحملون أوراقاً ثبوتية. وقد قام التنظيم بغسل أدمغتهم من خلال تغيير مناهج التعليم في المناطق التي استمرت تحت سيطرته لسنوات، بما يتفق مع توجهه الفكري، فضلاً عن قيامه بتلقينهم الفكر التكفيري من خلال العديد من وسائل التنشئة الأخرى. كما أن الكثيرات من أمهات هؤلاء الأطفال يعتنقن الفكر نفسه، ويقمن بتلقينه لهم؛ ولذلك فإن أطفال "داعش" يشكلون قنابل موقوتة، وسيمثلون جيلاً جديداً من الإرهابيين الأكثر تطرفاً ما لم يتم إيجاد حل جذري لمشكلة مخيم الهول، وإعادة تأهيل هؤلاء الأطفال اجتماعياً ونفسياً وفكرياً مع إعادة إدماجهم في مجتمعاتهم[24].

وتأسيساً على ما سبق يمكن القول: إن الحديث عن قرب نهاية "داعش" لا يستند إلى أدلة ومؤشرات عملية صلبة. فالتنظيم يمكن أن يضعف ويتراجع دوره في بعض الدول، إلا أن هذا لا يعني ضعفه أو تراجعه في الدول جميعها التي يوجد فيها. ومما يساعد على استمراريته هو أن الدول التي يتمدد فيها سواء في العالم العربي أو آسيا أو أفريقيا تعاني بدرجات متفاوتة وأشكال مختلفة الضعف والتصدع، والحروب الأهلية، والتمردات المسلحة، والفساد السياسي والإداري، والانقسامات السياسية والطائفية والعرقية، فضلاً عن غياب التنمية والحوكمة، وتفاقم المشكلات الاقتصادية والاجتماعية. وكل ذلك وغيره يشكل بيئات ملائمة لاستمرارية "داعش" وغيره من

---

24 . لمزيد من التفاصيل، انظر:

John Saleh, "The Women of ISIS and the Al-Hol Camp," Policy Analysis/ Fikra Forum, The Washington Institute for Near East Policy, August 2, 2021. https://www.washingtoninstitute.org/pdf/view/16927/en; Shoresh Khani, "Al-Hawl Camp and the Potential Resurgence of ISIS," Policy Analysis/Fikra Forum, The Washington Institute for Near East Policy, June 29, 2020. https://www.washingtoninstitute.org/fikraforum/view/Al-Hawl-Camp-ISIS-Resurgence-Extremism-Syria-Iraq; Himbervan Kose, "Al-Hawl Camp: A Potential Incubator of the Next Generation of Extremism," Policy Analysis/ Fikra Forum, The Washington Institute for Near East Policy, September 13, 2019. https://www.washingtoninstitute.org/fikraforum/view/al-hawl-camp-a-potential-incubator-of-the-next-generation-of-extremism

التنظيمات الجهادية الإرهابية. كما يمكن للتنظيم أن يعزز حضوره في دول آسيوية وأفريقية أخرى. ولذلك فإن الجهود الدولية لمحاربة "داعش"، التي تركز على المواجهة العسكرية/الأمنية للتنظيم لا تكفي لتجفيف منابع التطرف والإرهاب، حيث يتطلب ذلك تنفيذ استراتيجيات وخطط وطنية لمعالجة المشكلات والأزمات السياسية والاقتصادية والاجتماعية والثقافية الحادة والمتزامنة التي توفر بيئات ملائمة لتمدد التنظيم وتعزيز قدرته على الاستمرار.

ولكن استمرارية تنظيم "داعش" لا تعني بحال من الأحوال قدرته على تكرار تجربة "دولة الخلافة الإسلامية"، عندما سيطر على مساحات واسعة من كل من سوريا والعراق تعادل مساحة بريطانيا، وقام بممارسة سلطات الدولة عليها؛ وذلك لأن الظروف والعوامل التي توافرت مجتمعة لتمكنه من تحقيق هذا الهدف ليس من السهل أن تتوافر مرة أخرى. ومن هنا، سوف يستمر "داعش" كشبكة جهادية إرهابية عابرة للحدود. وسوف يركز على الانتشار الجغرافي بدلاً من السيطرة المكانية[25]. كما أنه من المتوقع أن يتوسع التنظيم في استهداف مؤسسات ومرافق اقتصادية وخدمية؛ مثل أبراج الكهرباء، وحقول النفط والغاز، وخطوط نقل الطاقة، والاستثمارات الاقتصادية.. إلخ، ولاسيما أنها تمثل في الأغلب الأعم أهدافاً سهلة. وقد برز هذا التوجه لدى التنظيم خلال عام 2021، حيث اتُّهم باستهداف العشرات من أبراج الكهرباء وخطوط نقل الطاقة في العراق على نحو ما سبق ذكره[26]. والهدف من هذه العمليات هو إصابة الكثير من المرافق والخدمات بالشلل نتيجة انقطاع التيار الكهربائي، وإرباك الأوضاع الأمنية، وإحراج الحكومات بإظهار عجزها عن توفير الأمن. وسوف يؤدي هذا

---

25 . لمزيد من التفاصيل، انظر: د. حسنين توفيق إبراهيم علي، "داعش في زمن جائحة كورونا: تحديات راهنة وآفاق مستقبلية"، في مجموعة من الباحثين، الإرهاب في النقاش الفلسفي: الفهم والثغرات (دبي: مركز المسبار للدراسات والبحوث، 2020)، ص ص: 251 - 275.

26 . لمزيد من التفاصيل، انظر: محنة العراق.. "حرب أبراج الكهرباء" تنتقل إلى العاصمة، سكاي نيوز عربية، 2021/7/14. https://www.skynewsarabia.com/middle-east/1451234 ؛ داعش يتبنّى هجوماً على أنبوب غاز في سوريا، الحرة، 2021/9/19. https://www.alhurra.com/syria/2021/09/19/

المسلك في حال تصاعده إلى إلحاق أضرار كبيرة بالبنى والهياكل التحتية للدول التي ينتشر فيها داعش، وهي في الأصل ضعيفة ومتهالكة في كثير من الحالات.

كما أنه من المتوقع أن يتجه "داعش" نحو تشجيع أسلوب الذئاب المنفردة، وخاصة في ظل وجود الكثير من الخلايا النائمة التابعة له، والمؤيدين له والمتعاطفين معه المنتشرين في عدد من الدول العربية وغير العربية. وما يساعد على ذلك أن عمليات الذئاب المنفردة لا تحتاج إلى تخطيط طويل، أو مهارات خاصة في تنفيذها، أو إمكانيات مادية كبيرة، حيث يقوم بتنفيذها أشخاص موالون للتنظيم بالوسائل والأدوات المتاحة لديهم في أي مكان وأي زمان. كما يصعب على الأجهزة الأمنية الكشف عن هؤلاء الأشخاص ومنعهم من تنفيذ عملياتهم الإرهابية، ولاسيما أن الكثيرين منهم قد يكونون غير مسجلين لدى هذه الأجهزة، وينفذون عمليات لا تحتاج إلى تخطيط مسبق أو تمويل ضخم[27].

---

27. لمزيد من التفاصيل، انظر: د. حسنين توفيق إبراهيم علي، مرجع سبق ذكره.

خاتمة

ثمة فروق جوهرية تميز تنظيم "داعش" عن غيره من التنظيمات الجهادية الإرهابية، من أبرزها: أيديولوجيته التكفيرية، حيث بلغ الحدود القصوى في التكفير (حتى الآن)، وانتشاره الجغرافي، وإعلانه تأسيس دولة الخلافة الإسلامية لفترة من الزمن. كما خاض التنظيم مواجهات مسلحة حادة ضد جيوش نظامية وقوات شبه نظامية، فضلاً عن قدرته، في مرحلة صعوده، على تجنيد عشرات الآلاف من المقاتلين الأجانب ضمن صفوفه، وكذلك تميزه في توظيف وسائل الإعلام الجديد لخدمة أهدافه ومخططاته؛ ولذلك فإن تنظيماً بهذه المواصفات لن يندثر بسهولة طالما استمرت الظروف والعوامل التي شكلت بيئة ملائمة لظهوره وتمدده، سواء على مستوى العالم العربي أو على مستوى بعض الدول الآسيوية والأفريقية.

وإذا كانت المواجهات العسكرية والأمنية للتنظيمات الجهادية الإرهابية مثل "داعش" وغيره تؤدي إلى إضعافها والحد من فاعليتها، فإنها لا تكفي لتجفيف منابع التطرف والإرهاب المتمثلة في المشكلات الاقتصادية والاجتماعية والثقافية، والاستبداد السياسي، والحروب الأهلية، والانقسامات العرقية والطائفية، وضعف أجهزة الدولة ومؤسساتها، والتوظيف السياسي للدين.. إلخ؛ ولذلك فإن المواجهة الحقيقية لـ "داعش" وغيره من التنظيمات الجهادية تتطلب إلى جانب الحلول العسكرية والأمنية التوصل إلى تسويات تاريخية للحروب والصراعات الأهلية، وإعادة بناء أجهزة الدولة ومؤسساتها على أسس المواطنة ومبادئها وسيادة القانون واحترام حقوق الإنسان، وتبنّي الحلول الناجعة للأزمات والمشكلات المجتمعية التي تخلق بيئات ملائمة لانتشار الفكر التكفيري، وظهور مثل هذه التنظيمات وتمددها. ويكمن التحدي الحقيقي هنا في كيفية توفير متطلبات وشروط تحقيق هذه الأهداف وإنضاجها[28].

---

28. لمزيد من التفاصيل، انظر: المرجع السابق.

وتؤكد خبرة مكافحة الإرهاب خلال العقدين الماضيين أهمية تعزيز التنسيق بين استراتيجيات مكافحة "داعش" على المستويات الوطنية والإقليمية والدولية، بحيث يتم التركيز على دحض الفكر التكفيري الذي يروّج له، واستهداف قياداته ومقاتليه، وتحجيم قدرته على تجنيد أعضاء جدد، وتجفيف مصادر تمويله، ومنعه من توظيف منصات التواصل الاجتماعي في نشر فكره وتوسيع دائرة مؤيديه. ومن دون ذلك سيظل "داعش" يشكل مصدراً للخطر والتهديد على الصعد الوطنية في عديد من الدول، وكذلك على الصعيد العالمي؛ وهذا يعني أن الحرب ضد "داعش" سوف تظل حرباً بلا نهاية على حد تعبير وزير الخارجية الأمريكي السابق، مايك بومبيو[29].

---

29. لمزيد من التفاصيل، انظر:

Jeff Seldin, "US Warns No End to Fight Against Islamic State," VOA, June 4, 2020. https://www.voanews.com/a/middle-east_us-warns-no-end-fight-against-islamic-state/6190544.html

نبذة عن المؤلف

الدكتور حسنين توفيق إبراهيم علي حاصل على درجتي الماجستير والدكتوراه في العلوم السياسية من كلية الاقتصاد والعلوم السياسية بجامعة القاهرة، ويعمل حالياً أستاذاً للعلوم السياسية بجامعة زايد (دولة الإمارات العربية المتحدة). متخصص في النظم السياسية، مع التركيز على النظم السياسية العربية، تغطي اهتماماته البحثية قضايا التحول الديمقراطي والمجتمع المدني والاقتصاد السياسي والإسلام السياسي والعنف والإرهاب في العالم العربي، كما يولي اهتماماً خاصاً بالدراسات والشؤون الخليجية.

قام بتأليف وتحرير ونشر العشرات من الكتب والدراسات والبحوث المحكَّمة باللغتين العربية والإنجليزية، كما يشارك بانتظام في المؤتمرات الدولية المتخصصة، وبخاصة مؤتمرات الجمعية الدولية للعلوم السياسية، ويشارك كذلك في مناقشة رسائل الماجستير والدكتوراه، وتحكيم بحوث المتقدمين للترقية إلى درجتي الأستاذ والأستاذ المساعد في عدد من الجامعات العربية، وبالإضافة إلى ذلك، فهو يشارك بصفة منتظمة في تقييم وتحكيم البحوث ومخطوطات الكتب المقدمة للنشر في عدد من مراكز البحوث والدوريات العربية والأجنبية.

حصل خلال مسيرته المهنية على عدة جوائز، منها: الجائزة الأولى في مسابقة الدكتورة سعاد الصباح للإبداع الفكري بين الشباب العربي في مجال العلوم الإنسانية لعام 1992، وجائزة الدولة التشجيعية في مصر في مجال الدراسات السياسية والاقتصادية والقانونية لعام 2007/2006، والجائزة العربية للعلوم الاجتماعية والإنسانية لتشجيع البحث العلمي لعام 2012/2011، كما حصل على جائزة جامعة زايد للتميز الأكاديمي عدة مرات.